AF363708

VENTE
Du Jeudi 27 Juin 1912
HOTEL DROUOT, SALLE N° 11
A 2 HEURES

EXPOSITION PUBLIQUE
Le Mercredi 26 Juin 1912
De 2 h. à 6 heures

MEUBLES ANCIENS
ET
MODERNES

ESTAMPES DU XVIIIe SIÈCLE

PORCELAINES DE CHINE - ÉMAUX CLOISONNÉS

OBJETS D'ART

COMMISSAIRE-PRISEUR
Me ROBERT BIGNON
41, rue de la Victoire

EXPERTS
MM. BRANDICOURT & BOURDIER Fils
144, rue de Courcelles

CATALOGUE

DES

MEUBLES ANCIENS

et Modernes

Commode en marqueterie, d'Epoque Louis XV
Petite Table de Dame en marqueterie, d'Epoque Louis XVI
Commode en bois de rose, d'Epoque Louis XV
Meuble cabinet du XVII° siècle
Secrétaire d'Epoque Louis XV
Commodes-Meubles à hauteur d'appui Louis XV et Louis XVI
Grande Vitrine en acajou ornée de motifs en bronze finement ciselés,
de Style Louis XVI
Grande Table Louis XIV, en bois sculpté et doré, dessus de marbre
Sièges, Fauteuils, Chaises, des Epoques Louis XV, Louis XVI et 1° Empire
Table-Bureau de Style Louis XV, etc.

ESTAMPES DU XVIIIe SIÈCLE

Aquarelle Humoristique par J. Rowlandson

VASES EN ANCIENNE PORCELAINE DE CHINE

MATIÈRES DURES, ÉMAUX CLOISONNÉS

des Epoques Ming, Khang-Si, Kien-Lung, etc.

OBJETS D'ART

Bronzes par Delabrierre et Mène — Pendules — Glaces — Vases

DESSUS DE LIT EN DENTELLE

DONT LA VENTE AURA LIEU

HOTEL DROUOT, SALLE N° 11

Le JEUDI 27 JUIN 1912. à 2 heures précises

Mᵉ ROBERT BIGNON	MM. BRANDICOURT & BOURDIER Fils
COMMISSAIRE-PRISEUR	EXPERTS
41, Rue de la Victoire, 41	144, Rue de Courcelles, 144

PARIS

Chez lesquels se distribue le présent Catalogue

EXPOSITION PUBLIQUE

Le Mercredi 26 Juin 1912. de 2 heures à 6 heures

CONDITIONS DE LA VENTE

Elle sera faite *au comptant.*

Les adjudicataires paieront *dix pour cent* en sus des enchères.

L'exposition mettant le public à même de se rendre compte de l'état et de la nature des objets, aucune réclamation ne sera admise une fois l'adjudication prononcée.

Frazier-Soye, Grav.-Imp. 153-157, rue Montmartre, Paris.

DÉSIGNATION

TABLEAU

T. LEBRICHON

1 — Devant Guignol. Toile. Encadré.

1*bis* — Vase et fleurs. Bois. Encadré.

BRONZES

2 — Grand lion, bronze vert par DELABRIERRE.

3 — Grande lionne, bronze vert par DELABRIERRE.

4 — Famille de renards, bronze par J. P. MÈNE.

5 — Cheval arabe au palmier, par J. P. MÈNE.

ÉMAUX CLOISONNÉS — MATIÈRES DURES

PORCELAINES DE CHINE

6 — Deux petits plateaux en émail cloisonné à dessin de fleurs. Epoque Ming.

7 — Petit vase en émail cloisonné à **six pans**, à décor de fleurs. Epoque Kien Lung.

8 — Paire de brûle-parfums en émail cloisonné à décor de fleurs. Epoque Kien Lung.

9 — Vase en émail cloisonné à décor de fleurs et de fruits. Epoque Ming.

10 — Six petites tasses en émail de Canton, à décor de personnages et de fleurs. Epoque Kien Lung.

11 — Deux verseuses en émail de Canton à décor de paysages et de fleurs. Epoque Kien Lung.

12 — Brûle-parfums en émail cloisonné, couvercle surmonté d'une chimère.

13 — Plat creux de forme ovale, en émail cloisonné de Chine.

14 — Jardinière avec plateau, en émail de Canton, à décor de paysage et de fleurs. Epoque Kien Lung.

15 — Théière, en émail de Canton, à décor de fleurs en bleu. Epoque Kien Lung.

16 — Petite coupe-cendrier en jade blanc. Epoque Kien Lung.

17 — Série de vases en jade blanc avec couvercle, sur socle en bois. Epoque Khang-Si.

18 — Deux panneaux, paysages Chinois et oiseaux,
en incrustation de pierres dures et de jade.
XVIII° siècle.

19 — Petite boîte carrée, en porcelaine de Chine, à
décor en bleu, de branchages sur les côtés et d'un
personnage sur le couvercle. Epoque Khang-Si.

20 — Deux chimères à fond jaune en biscuit.
Epoque Ming.

21 — Douze flacons-tabatières, en ancienne porcelaine de Chine (sera divisé).

22 — Vase cornet, en porcelaine de Chine, à décor
d'oiseaux, de fleurs et de lambrequins à l'épau-
lement. Epoque Yung-Chien.

23 — Vase en porcelaine de Chine, forme ovoïde à
décor de personnages encadrés dans des médaillons. Famille verte. Epoque Khang-Si.

24 — Vase en porcelaine de Chine à décor de chimères et de fleurs, à fond rose.

25 — Bas de cornet en porcelaine de Chine, à décor
de chimères en bleu. Epoque Khang-Si.

26 — Bas de cornet en porcelaine de Chine à décor
de fleurs et de croisillons en bleu. Epoque
Khang-Si.

27 — Petit vase en porcelaine de Chine à fond blanc,
décor de fleurs. Famille rose. Epoque Kien Lung.

28 — Petit vase en porcelaine de Chine à fond blanc,
décor de fleurs. Epoque Kien Lung.

29 — Paire de cornets à décor de personnages et de
fleurs. Famille rose. XVIII° siècle.

30 — Deux personnages, vieillards, en porcelaine de
Chine à fond rose. XVIII° siècle.

31 — Deux personnages, enfants, en porcelaine de Chine à fond rose. xviii° siècle.

32 — Petit pot avec son couvercle en porcelaine de Chine à décor de fleurs. xviii° siècle.

GRAVURES ANCIENNES

AQUARELLE

F. BARTOLOZZI

33 — Cupid Inspiring The Poesy of Sappho. — Camilla Unarming Before Retiring to Rest. Deux épreuves imprimée en couleurs, se faisant pendants. Toute marge. Encadrée.

BEAUVARLET (d'après)

34 — La Sultane. — La Confidence. — Epreuves imprimées en noir. Encadrées.

BOILLY (d'après)

35 — Ah! Ah! qu'il est sot. Epreuve coloriée par PETIT.

36 — La crainte mal fondée. Epreuve coloriée par MIXELLE.

BORD (d'après)

37 — L'Innocence en Danger. Epreuve impr. en noir par F. HUOT. Toute marge. Encadrée.

DEBUCOURT (Ph.)

38 — Ils sont heureux. Epreuve coloriée. Encadrée.

39 — La Récréation. Epreuve à la manière noire. Toute marge. Encadrée.

ÉCOLE ANGLAISE

40 — Parents baignant leur enfant. — Repas champêtre. Deux épreuves avant toute lettre, se faisant pendants, imprimées en couleurs. Très belles. Encadrées.

FLIPART GIUSEP (d'après)

41 — La Coiffure. Epreuve imprimée en noir, par WAGNER. Encadrée.

FRAGONARD (d'après)

42 — Les Hazards Heureux de l'Escarpolette. — Epreuve en ovale, imprimée en noir, par N. DELAUNAY. Marge. Encadrée.

42*bis* — La Bonne Mère. Epreuve imprimée en noir, par DELAUNAY. Encadrée.

GAUTHIER-DAGOTY

43 — La Sainte Famille. Epreuve imprimée en couleurs.

GUYOT

44 — Château et parc d'Ofterly appartenant à Mᵐ Child d'après W. Watts. Epreuve ovale, imprimée en couleurs. N° 8 des Jardins Anglais. Toute marge.

45 — Bryanston, Château de l'Honorable Wᵐ Portman Ecuyer, d'après W. TOMKINS. Epreuve ovale, imprimée en couleurs. N° 9 des Jardins Anglais. Tout marge.

46 — Ranston in Dorsetshine La Seigneurie de
Th. Ryses. Ecuyer. Epreuve ovale, imprimée en
couleurs. N° 10 des Jardins Anglais. Toute
marge.

47 — Lyme Hall, Campagne du Ch. P. Legk.
Epreuve ovale imprimée en couleurs. N° 12 des
Jardins Anglais. Toute marge.

HUET J. B. (d'après)

48 — Pastorale. N° 586, épreuve imprimée en couleurs, par DEMARTEAU. Encadrée.

JANINET

49 — Vénus et amours, épreuve tirée en bistre.
Marge.

50 — La bonne mère, épreuve tirée en bistre, avant
toute lettre. Marge.

51 — Ruines, personnages et animaux, épreuve
tirée en bistre, avant toute lettre. Marge.

52 — Nina, d'après Hoin, épreuve imprimée en
couleurs. Remmargée. Cadre ancien.

LE BRUN (d'après Madame)

53 — Madame Grassini, épreuve imprimée en couleurs, par REYNOLDS. Toute marge.

LE CŒUR

54 — Serment Fédératif du 14 Juillet 1790. D'après
SWEBACH. Epreuve imprimée en couleurs. Marge.

LE PRINCE (d'après)

55 — L'Epagneul favori. Epreuve imprimée en couleurs, par BONNET.

56 — La Récréation Champêtre. — La Danse Russe.
Deux épreuves coloriées. Toute marge. Encadrées.

MORLAND (d'après)

57 — La visite à la nourrice. Épreuve imprimée à la
manière noire, par WARD, avec le titre. Encadrée.

REYNOLDS JOSHUA (d'après)

58 — The Children in the Wood. Épreuve imprimée en noir, par J. CALDWALL. Encadrée.

ROSARI PETER (d'après)

59 — Angelica und Medor Bey den Hirten. Épreuve
imprimée en couleurs, par J. J. FREIDHOF.

DE SAINT-AUBIN

60 — L^{ouise}-E^{milie} Baronne de ... Épreuve imprimée
en noir. Marge. Encadrée.

61 — L'Heureuse Mère. Épreuve tirée en bistre.

SCHALE (d'après)

62 — La Conviction. Épreuve imprimée en noir, par
G. MARCHAND. Toute marge.

SCHALL

63 — Le Premier Mouvement de la nature. — Le
Rocher de Meillerie. Épreuves imprimées en
couleurs, par LE GRAND, se faisant pendants.
Toute marge.

64 — Le Modèle disposé. Épreuve coloriée, par
CHAPONNIER. Remmargée. Encadrée.

A. SERGENT

65 — Portrait de Necker. Epreuve imprimée en couleurs. Toute marge. Encadrée.

SINGLETON H. (d'après)

66 — The Highland Piper. Epreuve imprimée en couleurs, par C. TURNER. Encadrée.

TAUNAY (d'après)

67 — La Noce au Village. Epreuve imprimée en couleurs.

CARLE VERNET (d'après)

68 — Le marchand de chevaux. — Intérieur d'écurie. Deux épreuves se faisant pendants, imprimées en couleurs. Encadrées.

69 — Le départ. — Suite de course. Deux épreuves se faisant pendants, imprimées en noir. Encadrées.

WIWELLT (d'après)

70 — His most gracious Majesty Georges IV, épreuve à la manière noire, par Tho-Lupton.

ROWLANDSON (J.)

71 — Scène de bar en Angleterre. Aquarelle humoristique par J. ROWLANDSON, signée et datée 1812.

OBJETS D'ART

72 — Glace, bronze ciselé argenté et doré. Style Louis XIV.

73 — Paire de chenêts Louis XV en bronze ciselé.

74 — Glace Louis XIV, cadre en bois sculpté et doré.

75 — Deux glaces, cadres en bois sculpté et doré. Epoque Louis XIV.

76 — Cadre, en bois sculpté et doré. Epoque Louis XIV.

77 — Pendule à colonnettes en bronze ciselé et doré sur un socle en marbre.

78 — Pendule Louis XVI à colonnes, ornée de motifs en bronze ciselé et doré, chimères, draperie, etc.

79 — Rafraichissoir de forme ronde.

80 — Jardinière de forme ovale en métal argenté.

81 — Deux gobelets en argent. Epoque Louis XV.

82 — Boîte à savon en métal argenté.

83 — Deux vases à fleurs en verre taillé.

84 — Buste en bois sculpté représentant un évêque coiffé de sa mitre.

85 — Montre en cuivre doré, ornée sur le revers d'un sujet, femme et amour, peint sur émail, incrustation de roses. Epoque Louis XVI.

86 — Paire de cache-pots en faïence, montures en bronze.

87 — Assiette en ancienne porcelaine de Sèvres à décor de bouquets et de fleurs.

MEUBLES ET SIÈGES

88 — Meuble vitrine à hauteur d'appui, en acajou, orné de motifs en bronze ciselé et doré, dessus de marbre. L'intérieur est garni de Damas ancien. Style Louis XVI.

89 — Table à thé ovale en acajou, motifs en bronze ciselé et doré, dessus mobile à glace. Style Louis XVI.

90 — Guéridon en acajou à trois colonnes, orné de motifs en bronze ciselé et doré. Style Empire.

91 — Table à ouvrage en acajou. Epoque Ier Empire.

92 — Ecran à coulisse, en acajou, garni soie brochée, anneau bronze doré. Epoque Ier Empire.

93 — Vitrine à trois portes en acajou avec motifs en bronze ciselé et doré, gainée à l'intérieur, rayons verre, montée à l'électricité. Style Louis X I.

Haut., 2 m. 50 cent.; larg., 2 m. 20 cent.

94 — Secrétaire Louis XVI formant petite bibliothèque, en marqueterie de bois de placage, à dessins de fleurs, coulisse dans le bas, dessus de marbre de couleur.

95 — Secrétaire en acajou, orné de motifs en bronze ciselé et doré. Style Louis XVI.

96 — Console en acajou moucheté, à quatre pieds, tablette marbre gris. Epoque Ier Empire.

97 — Guéridon en acajou de forme octogonale, dessus de marbre. Epoque Louis XVI.

98 — Table bureau en marqueterie de bois de rose, ornée de motifs en bronze ciselé et doré. Style Louis XV.

99 — Ecran en bois sculpté à sujet pastoral, peint sur toile. Style Louis XVI.

100 — Commode Louis XV, formant secrétaire, en marqueterie de bois de placage.

101 — Meuble à hauteur d'appui Louis XVI, formant commode, en acajou, ceinture cuivre, dessus de marbre gris.

102 — Petite table poudreuse Louis XVI, en marqueterie de bois de placage.

103 — Petite commode Louis XV en marqueterie de bois de placage, dessus de marbre blanc.

104 — Six fauteuils en bois sculpté, recouverts d'étoffe. Epoque Louis XVI.

105 — Grand canapé de forme cintrée, en bois sculpté et ciré, recouvert de soierie bleue avec coussin. Epoque Louis XVI.

106 — Grand canapé, en bois sculpté et laqué blanc, dossier et siège cannés, avec son coussin. Epoque Louis XV.

107 — Trois fauteuils, en bois sculpté et laqué blanc, recouverts de soierie bleue. Epoque Louis XV.

108 — Commode, en marqueterie de bois de rose, d'Epoque Louis XV, dessus de marbre rouge, poignées, entrées de serrures, et motifs en bronze ciselé et doré.

109 — Bureau cylindre, en marqueterie de bois fruitiers. Epoque Louis XVI.

110 — Pendule en cartel sur socle, de bois marqueté de fleurs et doré.

111 — Secrétaire en noyer d'Epoque Louis XV, dessus de marbre.

112 — Petite table de dame en marqueterie de bois de placage, dessus de marbre blanc. Epoque Louis XVI.

113 — Secrétaire à abattant en marqueterie de bois de placage, dessus de marbre de couleur. Epoque Louis XV.

114 — Meuble cabinet à deux corps en marqueterie de bois de placage à dessin de fleurs, et incrustations d'argent. Le haut comporte de nombreux tiroirs et au centre une petite porte à colonnettes Le bas s'ouvre à deux portes. xvii° siècle.

115 — Table Louis XIV en bois sculpté et doré à décor de rinceaux. Les pieds sont formés par des cariatides de femmes, à pieds de biches. Dessus de marbre.

116 — Commode en marqueterie de bois de couleurs, à dessin de fleurs, dessus de marbre. Elle est ornée de motifs en bronze ciselé, poignées, entrées de serrures, chûtes. Epoque Louis XV.

117 — Meuble à deux corps en bois sculpté et ciré, avec colonnettes, s'ouvrant à quatre portes. Epoque Renaissance.

118 — Table d'antichambre en bois sculpté et ciré à décor de rinceaux, pieds tors et entrejambe. Epoque Renaissance.

119 — Table à jeu, en bois fruitiers avec tiroirs, dessus à dessin de damier. Epoque Louis XV.

120 — Table d'enfant, en bois ciré s'ouvrant à un tiroir. Epoque Louis XV.

121 — Table à jeu, en bois ciré, dessus à dessin de damier. Epoque Louis XV.

122 — Commode, en palissandre, orné de motifs en bronze ciselé et doré, dessus de marbre de couleur. Epoque Louis XIV.

123 — Commode, en acajou, à trois tiroirs, garnie de cuivre, dessus de marbre. Epoque Louis XVI.

124 — Encoignure, Louis XV, en marqueterie de bois de placage, dessus de marbre de couleur.

125 — Deux fauteuils en acajou sculpté, à cariatides de femmes dorées. Epoque 1er Empire.

126 — Fauteuil, en bois sculpté de rosaces, d'Epoque Louis XVI, recouvert d'étoffe.

127 — Deux fauteuils, en bois sculpté, l'un peint, l'autre laqué. Epoque Louis XVI.

128 — Chaise, de forme cintrée, en bois sculpté et peint noir. Epoque Louis XVI.

129 — Deux chaises, en bois sculpté, laqué et doré. Epoque Louis XVI.

130 — Deux fauteuils, en bois sculpté et ciré, sièges recouverts de coussins. Epoque Louis XIV.

131 — Fauteuil, en bois sculpté et ciré, siège et dossier canné. Epoque Louis XIII.

132 — Fauteuil, en bois sculpté et doré à pieds cannelés, recouvert de soierie. Epoque Louis XVI.

133 — Quatre fauteuils médaillons, en bois sculpté et laqué blanc. Epoque Louis XVI.

134 — Fauteuil médaillon, bois sculpté et ciré, signé DELAUNAY, d'Epoque Louis XVI, recouvert de velours rouge.

135 — Fauteuil médaillon, en bois sculpté et laqué
gris. Epoque Louis XV.

136 — Deux fauteuils, en bois sculpté et ciré
d'Epoque Louis XVI, recouverts de soierie.

137 — Fauteuil, en bois sculpté de fleurs, laqué gris,
d'Epoque Louis XV, recouvert de velours.

138 — Grand dessus de lit en dentelle, à dessin
d'oiseaux et de fleurs.

139 — Objets omis.